AF190377

Inhaltsverzeichnis

Gays only

Gay Sexgeschichten

Sexuelle Erfahrungen

Lucas Long

Vorwort

Zuerst einmal Danke dafür, dass du dich heute für meine schwulen Sexgeschichten entschieden hast. Die folgenden Geschichten handeln von sexuellen Beziehungen zwischen schwulen Männern. Sie enthalten eindeutige sexuelle Handlungen zwischen schwulen Männern (Mann/Mann). Alle handelnden Personen sind volljährig. Ich hoffe, dass dir die Gaystories von Mann zu Mann gefallen und freue mich, wenn du das Buch positiv bewertest. Die folgenden M/M Sexgeschichten bereiten dir hoffentlich Spaß und du bekommst Lust auf mehr vor mir. Die Gay Geschichten sollen ein Appetizer sein. Am besten verführst du danach deinen Freund oder lässt dich verführen. Egal wie rum, Spaß soll es dir machen! Und nun geht es los mit meinem Coming Out ...

Mein Coming-Out

Meine Eltern sind eigentlich ziemlich liberal, wie ich jetzt weiß. Ich habe nie mit meinen Eltern oder meinem Bruder über sexuelle Beziehungen gesprochen. Meine Beziehungen und das Thema Sex an sich waren zwar keine Tabuthemen, aber sie sind einfach nie auf den Tisch gekommen, weder von mir noch von meinem Bruder.

Ein guter Freund von mir hatte seiner Zeit über seine Freundin Kontakt zu zwei sehr netten Schwulen gehabt. Mit der Angst entdeckt zu werden, aber auch mit großer

Neugierde bewunderte ich diese auf der einen Seite, aber der Lebensstil kam erst einmal nicht für mich nicht in Frage. Vielleicht auch weil mein Onkel, zu welchem ich immer aufgesehen habe, gerade Vater geworden war. Die kleine Tochter war ziemlich süß und ich dachte, dass dies der "normale" Weg sein müsste. Ein nettes Girl kennen lernen, heiraten, Kinder bekommen. Ich stand im Zwiespalt, welcher Lebensstil für mich in Betracht kommen könnte oder nicht. Um es allen zu beweisen, vor allem aber mir selbst, datete ich ein Girl nach dem nächsten. Je heißer, desto besser. Da ich recht gut aussehe, war das an sich kein Problem. Die Jungs nannten mich Womanizer und niemand in meinem Umfeld schien etwas zu ahnen. Ein Coming-Out stand nicht zur Debatte. Zu sehr setzte ich mich selbst unter Druck und wollte es mir nicht eingestehen.

Wenn nicht dann alles irgendwie doch ganz anders gekommen wäre.

Na ja, bis ich im Frühjahr 2013 auf jemanden gestoßen bin, den man einen Dreamboy nennen könnte. Zumindest sah ich ihn in meinen Augen so. Ich hatte mich zum ersten Mal in einen Mann verliebt. Ich war mir nicht sicher, ob er meine Gefühle erwidern würde, aber ich merkte ganz sicher: Ich bin schwul - Ich liebe einen Mann. Zum ersten Mal in meinem Leben wurde es mir wirklich bewusst, dass ich ohne Wenn und aber schwul bin! Ab diesem Moment konnte ich nicht mehr an mir halten, den Deckel nicht mehr schließen.

Ich fasste all meinen Mut zusammen. Um Erfahrung auf diesem Terrain zu sammeln ging ich zum allerersten Mal in ein bekanntes Szenelokal. Dort wurde ich herzlich aufgenommen und lernte viele nette schwule Männer kennen mit denen ich mich austauschen konnte. Dies gab mir das Selbstbewusstsein, dass mir bis dato noch gefehlt hat. Christoph, welchen ich in diesem Szenelokal kennen lernen durfte, wurde mein bester Freund. Er war optisch nicht mein Typ, außerdem war mein Herz zu diesem Zeitpunkt ja bereits vergeben, aber Christoph stärkte mir den Rücken. Innerhalb von 2 Wochen hatte ich mein Coming-Out. Zuerst bei meinen Eltern. Meine Mutter war gar nicht überrascht und meinte dazu nur: "Mein Schatz, irgendwie habe ich das schon immer gewusst. Alles ist gut. Du bist genau so richtig wie du bist." und mein Vater war ebenso cool und kommentierte: "Das heißt aber nicht, dass wir nun zusammen kein Bierchen mehr trinken gehen, oder?" und klopfte mir auf die Schulter um mich anschließend in den Arm zu nehmen. Meine Freunde nahmen die Nachricht, dass ich schwul bin, größtenteils mit Verwunderung auf. Abgewendet haben sich aber die wenigsten von mir. Und auf die konnte ich auch gut und gerne verzichten.

Meine erste Liebe

Nun aber zu meiner ersten Liebe. Er hieß Tobias. Ich lernte ihn beim Wasserball Training kennen. Die Jungs hatten sich mal wieder einen Scherz erlaubt und nach dem Training meine Schwimmbrille in der

Umkleide versteckt. Tobias hatte sie dabei beobachtet und als sie schließlich weg waren und ich immer noch auf der Suche danach, bot er seine Hilfe an. Ich saß nach dem Duschen immer noch nackt in der Umkleide, um nach dem harten Training etwas runter zu kühlen. Tobias meinte, er wüsste wo sie meine Schwimmbrille versteckt haben. Er kletterte auf die Sitzbank hoch, mit einem Bein auf die Rückenlehne, was sehr akrobatisch und sexy aussah, so dass er oberhalb des Spints die Brille ertasten konnte.

Er nahm das obere Bein wieder hinab, und es ergab sich ganz selbsttätig, dass ich ihm auf den Schritt schaute. Wenn mich nicht alles täuschte, hatte Tobias einen Ständer, was mich noch etwas durcheinander brachte. Ihn wohl auch, denn er fiel das letzte Stück eher herunter und landete auf dem Boden. Sofort stand er auf, mit einer wahnsinnig sinnlichen Bewegung, die mir fast etwas weiblich vorkam. Ich vermutete schon, es war das Feminine an Tobias, das mich so anzog; aber Fakt ist, dass er mich anzog, und er war nun mal ein Mann. Ich hatte vor mich auch erheben, denn ich hielt sein Aufstehen für ein Zeichen, dass ihm die Situation unangenehm war und ich tatsächlich besser gehen sollte, obgleich er mir besonders langsam meine Schwimmbrille zurück gab. Doch dann griff er sich sofort an seine Hose. Ganz ruhig, als seien wir gemeinsam beim Workout oder so was, streifte er seine Hose herab. Nun, wo er nur noch seinen Slip trug, konnte ich es ganz deutlich sehen, er war wirklich geil. „Ich bin Tobias". Verdutzt über die ungewohnte

Situation stammelte ich meinen Namen. „Lass Dich nicht ärgern von den Jungs. Ich kenne die. Halten sich für die Größten mit ihren Mini-Schwänzen." Tobias lachte und zog sich nun ganz aus. Ich starrte ihn an und er drehte sich so vor mir hin, dass ich direkt seinen Schwanz vor meinem Gesicht hatte. Ich bekam seine ganze Pracht zu sehen. Prall gefühlt und durchaus erregt, offensichtlich durch meinen Anblick. Ich hatte nie einen anderen Schwanz aus der Nähe gesehen und er sah für mich unglaublich aus. So hart, etwa die gleiche Größe wie meine, nach oben geschwungen und er tropfte bereits vor Erregung. Ich war fast nicht in der Lage zu atmen. Geistesgegenwärtig ging ich auf ihn zu, öffnete meine Lippen und küsste ihn wie hypnotisiert. Dabei zog er mich an sich heran und ich spürte sein Glied an meinen mittlerweile ebenfalls Steifen drücken. Ich hob meinen Finger um über seinen Schwanz zu streichen und ihn zu berühren. Ehe ich mich besinnen konnte wanderte er mit seinem Mund über meine Brust zu meinem Ständer hinunter. Er widmete sich intensiv meiner Eichel und umspielte diese gekonnt mit seiner Zunge um mir dann einen zu blasen, wie das bisher noch keine Frau vermochte. Ich war so angetörnt, dass ich innerhalb kürzester Zeit auf ihn abspritzte. Nach dem ich wieder klar denken konnte, wollte ich mich alsbald bei ihm revanchieren. Leider machten uns die Turmspringer einen Strich durch die Rechnung. Diese marschierten nach und nach zum Training ein. Nach diesem Erlebnis traf ich Tobias des Öfteren wieder in der Schwimmhalle. Ich suchte seine Nähe und hatte mich Hals über Kopf in ihn verliebt.

Nachdem ich aktiv versuchte, meine neue Liebe zu erobern, bekam ich leider relativ schnell eine Abfuhr. Tatsächlich aber nicht, weil er nicht auf mich stand, sondern weil er bereits vergeben war. Weh tat es trotzdem. Ich versuchte mich abzulenken und Christoph riet mir, mich mal im Internet umzusehen, um mir "die Hörner abzustoßen, damit du beim nächten Mal mehr Ausdauer hast".

Mein Leben änderte sich schlagartig, als ich mich im Internet auf einer Gayseite anmeldete. Für schwule Männer, vor allem auch junge Schwule, die sich nicht fest binden möchten, gleicht das Internet einem unerschöpflichen Schwanz-Paradies. Es gibt viele Webseiten über welche man Gays kennen lernen kann, mir war es aber eher wichtig, sexuelle Erfahrungen zu sammeln. Um dann beim Richtigen zu wissen, wo der Hase langläuft. Und so sah ich mich gezielt in Chaträumen für junge Schwule um, in welchen man sich gezielt zum Sexdate verabreden kann. Für mich war es eine Offenbarung zu erkennen, dass mir die Welt offen steht, ich nicht der einzige Schwule in meiner Umgebung bin und dass überall in meiner Stadt junge Schwule leben, die auf der Suche nach einem Sexerlebnis sind. Und mit denen ich nun unverblümt Kontakt aufnehmen kann.

Meine heißen schwulen Sex Erlebnisse möchte ich nun, ein paar Jahre später, mit Dir teilen...

Mein erster Gaysex

Frisch in einem Sechat für Schwule angemeldet, bekam ich auch schon unzählige Nachrichten. Viele davon gingen erstmal los mit einem "Hi, ich bin ... und 20 Jahre alt." Total langweilig. Außerdem hatte ich nicht viel Lust dazu, ewig hin und her zu schreiben. Gerade deshalb hat mich die Nachricht von ToyBoy29 umgehauen: "Ich finde dich heiß. Und bin ebenfalls heiß. Also dann: Heute um 23 Uhr auf meinem Boot im Yachthafen. Und nein, ich will nicht reden. Ich will Dich ficken!"

Von dieser Direktheit erst einmal beeindruckt, überlegte ich ob ich das wirklich durchziehen soll? ToyBoys-Photo war der Hit. Dunkle Augen, durchtrainierter

Oberkörper und was soll ich sagen: Ein Schwanz der sich sehen lassen kann. Bestimmt ein 25 cm Steifer Bengel. Prall und saftig sah er aus. Einfach unwiderstehlich dieser Schwanz. Ich konnte dem nicht nein sagen, zu groß war die Verlockung. Ich sagte zu mit den Worten: "Geil. Bin bereit von Dir gefickt zu werden. Nimm mich hart ran. Sehen uns heute Abend!"

In den Stunden vor unserem fasste ich kaum einen klaren Gedanken. Wie sollte ich mich am besten vorbereiten? Was wird er von mir erwarten? Was wird er wohl mit mir anstellen? Das Gedankenkarussell drehte sich in Windeseile. Ich beschloss mich mit ein paar Bierchen etwas lockerer zu machen. Und es funktionierte auch. Nur leider hatte ich dann soviel, dass ich auf dem Sofa eingeschlafen bin. Um 22.40 Uhr wachte ich auf. Mit einem Blick auf die Uhr wurde mir klar, dass ich nun noch 20 minuten bis zu meinem Date hatte. Zu wenig, um sich noch umfangreich herzurichten. Ich sprang in Windeseile unter die Dusche, streifte eine Jeans und ein enges Muskelshirt über und machte mich mit dem Rad auf den zum Glück nur 3 min. entfernten Anlegestelle. Ein paar Minuten nach 23 Uhr kam ich an. Von ToyBoy jedoch keine Spur. Ich nahm mein Handy, um ihn anzuchatten. „Hey Toy-Boy. Bin hier und warte auf Dich. Wo steckst du?". Kaum ausgeschrieben kam auch schon von hinten jemand an und küsste meinen Nacken. Sein Atem war gleichmäßig und heiß. Sein Mund wanderte von meinem Nacken weiter zu meinen Ohren um daran zu knabbern. Die Stimmung war so erotisch aufgeheizt, dass sich in meiner Hose bereits etwas regte. Ich drehte mich um und konnte Toy-Boy zum ersten Mal live in sein wunderschönes markantes Gesicht schauen. Traumhaft schön dieser Mann! Und extrem sexy! Sein Parfüm lag in perfekter Mischung seines unwiderstehlichen Körperduftes in der Luft. Ich konnte kaum an mir halten und zog ihn an mich heran um ihn zu küssen. „Komm, lass uns reingehen. Da sind wir ungestört." Murmelte Toy-Boy leise. Er nahm entschieden meine Hand und ich folgte ihn einen schmalen Steg entlang auf ein weißes und recht großes Boot. Der Schiffsboden sah sehr edel aus, Echtholz, und das Interieur im Schiffsinneren verschlug mir schier die Sprache. So etwas Exklusives hatte ich in meinem Leben noch nie gesehen. Toy-Boy erfasste meine Reaktion und gab beinahe entschuldigend von sich, dass er bei Aktiengeschäften etwas Glück hatte und nun eben schauen muss, was er mit dem Geld anfängt. Er sieht sein Schiff als Wertanlage, die er bis zu einem Verkaf natürlich auch intensiv nutzen will. „Und heute mein Hübscher! Heute möchte ich mit Dir die Nacht genießen!" Womit wir wieder beim Thema waren. Aber irgendwie hemmte mich der ganze Prunk um mich herum. Ich kam mir vor, als wäre ich SEIN Toy-Boy und nicht umgekehrt. Als ob er Gedankenlesen könnte, sprach er mir ruhigen Worten „Hör mal. Ich weiß, dass hier ist recht beeindruckend. Aber das zählt alles nicht. Heute zählen nur du und ich. Ich will dich verwöhnen und du sollst erst einmal genießen. Ist das ein Deal?" Erleichtert nickte ich mit dem Kopf. Klar, deshalb war ich ja hierhergekommen. Ich wollte Erfahrungen sammeln. Was habe ich mir denn gedacht. Das alles in einem Schlafzimmer, auf einem Doppelbett in einer kleinen Mietwohnung wie meiner passiert. Nein, es gibt auch noch viele Andere Varianten. Wie dieses Schiff hier. Und diese werde ich nun Kennenlernen. Darum sagte ich: „In Ordnung. Ich will das du mit hoch gehst und mich auf dem Oberdeck verwöhnst." Das ließ sich Toy-Boy nicht zweimal sagen, nahm wieder meiner Hand und eine Flasche Sekt und zog mich die Treppe hoch. Im Mondlicht vergaß ich all meine Hemmungen. Die Stimmung war magisch. Toy-Boy öffnete den Sekt, und goss mir diesen langsam über meinen Oberkörper um die Tropfen mit seinem Mund aufzusaugen. Er wanderte geschickt immer weiter nach unten bis er an meinem erigierten Stab ankam. Genüsslich umspielte er mit seiner Zunge meine pralle Eichel. Nun nahm er meinen Schwanz in seinen Mund und begann gleichmäßig mit leichtem Druck das Tempo zu eröffnen. Ich konnte mich mit einer Hand an der Reling festhalten, mit der anderen drückte ich seinen Kopf leicht gegen meinen pulsierenden Stab. Als er dann gekonnt damit begann, meine Hoden sanft zu massieren und den Druck erhöhte, konnte ich kaum an mir halten. Ich drückte seinen Kopf gegen meinen Schwanz, so dass er ihn immer tiefer aufnehmen musste. Ihm schien dass zu gefallen, denn parallel dazu rubbelte er an wie wild herum. Ich konnte diesen Anblick nicht länger aushalten und spritzte nun meine volle Ladung über sein

Gesicht. Kaum entladen drehte mich Toy-Boy um, drückte meinen Oberkörper auf die Reling, nahm etwas Sekt und schütte diesen zwischen meine Pobacken, spreizte dies auseinander und drang genüsslich in mich ein. Ich war im siebten Himmel und so geil, dass mein Arsch in förmlich aufsog. Ich forderte ihn auf das Tempe zu erhöhen und mich hart ran zu nehmen. Darauf schien er nur gewartet zu haben. Er zog seinen Schwanz noch mal kurz raus, spuckt auf mein Loch und drang hat und fordernd mit seinem harten Prügel ein. Er fickte mich durch, wie ich es mir in meinen kühnsten Träumen ersehnt hatte. Seine Eier klatschten bei jedem Stoß genüsslich gegen mich. Er machte mich so geil, dass ich mir parallel dazu einen runterholte. Nach ein paar gezielten harten Stössen war Toy-Boy nun so weit. Es sprudelte aus ihm heraus und die warme leckere Soße ergoss sich über meinen Rücken. Ziemlich zeitgleich ergoss ich mich ebenfalls und besudelte den wunderschönen Echtholzboden mit meinem weißen Saft.

Anal-Hetero

Den ersten anal-passiven Hetero in meinem Leben lernte ich bei einem früh morgendlichen Ende einer Party in einem der besten Clubs der Stadt kennen. Ich kannte Robert vom Sehen und wusste, dass er auf Frauen stand. Er hielt sich fit, was man an seinem atemberaubenden Körper sehen konnte. Seine starken Beine mit wohldefinierten Quadrizeps und durchtrainierten Waden waren genauso heiß wie der Rest von ihm. Ich unterhielt mich mit ihm, soweit wie das in seinem Zustand überhaupt noch möglich war, und arbeitete dabei eifrig seine Beine auf und ab, um immer näher an seine Nüsse zu kommen. Robert spreizte seine Beine, damit ich besser an seine Oberschenkel kommen konnte. Ich fühlte mit meiner Hand, dass er keine Unterhose trug. Der Weg zu seinen Juwelen war also frei für mich. Es schien ihm zu gefallen, denn so langsam ragte sein Schwanz mit der Spitze voran aus seiner Hose empor. Robert starrte mich an und ich wurde buchstäblich immer betrunkener von meinen rasenden Hormonen. Beiläufig erwähnte Robert, dass ich seine Nüsse berührte, aber er bewegte sich nicht und so wurde ich kühner. Er kaufte mir etwas zu trinken und wir unterhielten uns für ein paar

Minuten über Sport, währenddessen ich ihn weiter mit meiner Hand bearbeitete. So gut wie jedes Mal wenn wir uns begegneten hatte er eine andere Tussi dabei. An diesem Morgen jedoch war er ohne Begleitung und sichtlich angetrunken. Ich bot an ihn nach Hause zu bringen. Da meine Bude jedoch näher war, schleppte ich ihn mit zu mir. Bereitwillig nahm er den Vorschlag an, dass er bei mir übernachten kann. Er ging also mit zu mir. Kaum aus dem Hausflur in meiner Wohnung angekommen steckte er mir sofort seinen Mittelfinger in meinen Arsch. Wohl, um mir zunächst seine dominierende Rolle zu signalisieren. Irgendwann hat er sich auf den Bauch gelegt. Ins Gesicht sehen wollte er mir wohl dabei nicht. Dieser Mann hatte wohl einen Plan gefasst, nämlich den, gefickt zu werden, und zwar von meinem Schwanz. Das Treffen war sehr exzessiv für einen vermeintlichen Hetero. Er hatte wohl schon lange die Phantasie gehegt sich mal von einem Schwanz ficken zu lassen. Leider war es bis heute noch nie dazu gekommen. Heute war er angetrunken und fasste wohl all seinen Mut zusammen. Er gab alles. Ganz spontan meinte er zu mir, komm und fick mich einfach. Ich will es ausprobieren und deinen Kolben als Versuchsobjekt. Er grinste dabei verführerisch und ich ließ mich natürlich nicht lange darum bitten. Denn zum Einen hatte ich vor mir die Hörner noch so oft wie möglich abzustoßen, zu viele Jahre hatte ich bereits verschwendet. Und zum Anderen war Robert echt eine Schnitte. Und heute war es soweit. Sein Zeitpunkt war gekommen, an dem er nicht mehr an sich halten wollte. Den Schein nicht mehr aufrecht erhalten konnte.

Ich packte ihn und zog ihm die Hose aus. Sein Kolben war bereits hart. Ein Wunder, denn er war doch sehr angetrunken. Aber ich habe ihn wohl tatsächlich ziemlich angemacht. Nachdem ich mir kurz an seinem Schwanz Appetit holte, drehte ich ihn um, schob seine Arschbacken auseinander, und spuckte genüsslich auf sein Loch. Mit meinem Zeigefinger begann ich seine Rosette zu massieren und stieß mit dem Finger hinein. Nachdem er Bereit war, nahm ich nach und nach einen weiteren Finger hinzu. Ausgiebig vorbereitet war nun der Moment gekommen. Ich holte das Gleitmittel, flutschte noch ein wenig mit meinem Schwanz zwischen seinen Backen hin und her um dann unendlich langsam in ihn hineinzustoßen. So ein geiles enges Loch. Robert stöhnte auf und das machte mich so an, dass ich beinahe gekommen wäre. Aber zum Glück hatte ich mich gut vorbereitet und mir vor dem Ausgehen noch einen von der Palme gewedelt. So war ich auf den Punkt bereit und konnte mich gerade so beherrschen. Robert forderte mich förmlich auf weiterzumachen. Für sein erstes Mal anal war er nicht gerade zimperlich. Zu lange hat er wohl damit gewartet seine Phantasie endlich auszuleben. „OOOOOhhh Robert. Nun bist du dran." Ich fickte ihn mit harten Stößen in den Arsch. Es war so geil. Ich spürte meine Bälle an seine krachen. Ein paar Mal zog ich ihn heraus, bestimmte ihn über meinen Schwanz zu lecken, den er bereit willig in seinen Mund aufnahm. Er gab sich mir hin.

Voll und ganz. Nachdem ich wieder in ihn eingedrungen war, forderte er mich auf die Ladung abzuschießen. Ich entlud mich in ihm und er holte sich währenddessen einen runter, so dass wir zeitlich das Vergnügen hatten. Seitdem ist Robert Dauergast bei mir. Es ist zwar immer noch so, dass er sich erst einmal Mut antrinken muss. Dann ist er aber hemmungslos geil.

Dirty Boys

Nach einer etwas längeren Durststrecke und einem kurzen aber heftigen Gastspiel bei einem Prostituierten hatte ich wieder große Sehnsucht nach körperlicher Liebe. Ich hatte drei Monate keinen Sex mehr gehabt. Höchstens mit mir selbst, und es wurde langweilig mir ewig einen von der Palme zu wedeln. Genauer gesagt war ich spitz wie

Nachbars Hund. Doch wo sollte ich auf die Schnelle einen Mann kennen lernen, so schüchtern wie ich halt war. Ich beschloss, es mal wieder in einem Chat Room zu versuchen; er hieß Dirty Boys.

Ich suchte mir ansprechende Profil Fotos heraus und begann Emails an Dirty Boys zu verschicken. Prompt antwortete auch schon ein hübscher Gay mit braunen, mittellangen Haaren, welches sein zartes, aber markantes Gesicht umrahmten. Seine Augen waren sattgrün und funkelten verschwörerisch. Er hatte etwas Herrisches an sich, was mir gut gefiel. Ich fragte ihn, wie alt er sei, und ob er Zeit und Lust hätte, sich heute noch mit mir auf ein Bier zu treffen, wie ich es formulierte. Klar war jedoch, dass es ein Sex Treffen werden sollte, schließlich hatten wir uns in diesem eindeutigen Chat Room kennen gelernt.

Er schrieb, dass er vierundzwanzig Jahre alt sei, Franzose, und studierte im letzten Semester hier an der Uni. Gerne wollte er mich treffen, ihm gefiel mein süßes Profil Bild auf dem ich so unsicher aussah, wie ich war. Dabei hatte ich mir schon einen Bart wachsen lassen, wie es gerade angesagt war, damit ich männlicher wirkte. Er lud mich zu sich ins Studenten Wohnheim ein. Während ich schnell duschte, bevor ich mich auf den Weg zu ihm machte, holte ich mir noch eben einen runter, damit ich mit ihm nicht sofort kommen würde.

Stefane öffnete die Tür und überraschte mich etwas. Er trug einen hautengen, knappen Anzug aus Lack Leder, aus dem seine enormen Muskeln rausschauten, und auch sein Schritt und sein Arsch blieben von dem glänzenden Leder ausgespart. Er war untenrum rasiert, genau wie ich selbst, wie ich freudig bemerkte. In der Hand hielt er eine Leder Gerte, mit der er sich amüsiert in die Handfläche peitschte, als er mich sah.

„Da bist du ja endlich, Mon Chéri. Isch abe schon auf disch gewartet. Isch will eute dein Lehrer der Liebe sein. Bitte komme erein und entkleide disch. Ich möchte keine Widerworte ören!" Seine Stimme war samtweich, und wie alle Franzosen ließ er das H beim sprechen weg, was ihn nur noch erotischer für mich machte.

Ich tat nur zu gerne was er von mir verlangte und zog mich bereitwillig aus. Sein Zimmer war ein kleines Studio mit allem, was man so brauchte. Er befahl mir, mich mit dem Rücken auf sein Bett zu legen, und fesselte meine Arme und Füße mit Stricken, die am Bett in jeder Ecke befestigt waren. Mein bestes Stück freute sich schon auf ihn und reckte sich ihm groß und steif entgegen. Kurzerhand setzte er sich auf mein Gesicht, und befahl mir, ihn zu lecken. Er roch und schmeckte betörend gut. Voller Wonne leckte ich ihm die Eichel und spielte mit meiner Zunge sanft mit seinen Eiern.

„Ja, richtig so! Und jetzt tauche deine ganze Zunge bitte in meinen Arsch. So tief du kannst!" rief er lustvoll. Ich steckte ihm meine Zunge bis zum Anschlag rein und ließ sie dann rotieren, was ihn schier wahnsinnig werden ließ.

„Das hast du sehr gut gemacht, Mon Chéri!" lobte er mich und tätschelte meinen Kopf wie den eines braven Hündchens. Dann bückte er sich etwas und steckte mir seinen

Steifen tief in den Mund, an dem ich glücklich saugte und mit meiner Zungenspitze umkreiste. Seinen harten Schwanz in meinem Mund blies ich gekonnt, und träumte davon zärtlich seine sensiblen Eier zu kneten, was aufgrund der Fesseln leider nicht möglich war. Ich blies ihn so gut, dass ich für einen kurzen Moment dachte, er bekäme jetzt einen Abgang mitten in meinen Mund. Er schien es auch zu spüren und dreht mich schnell herum um mich schnell von hinten zu nehmen. Schreiend vor Wollust erreichte er schnell und zielgerichtet seinen Höhepunkt und entlud sich mit voller Energie in mir. Das Gefühl von Hilflosigkeit und des Ausgeliefertseins in Konstellation mit dem geilen Kerl der mich nahm, ließ mich ebenfalls heiß laufen. Berteitwillig bedankte Stefane sich und bearbeitete meinen Schwanz mit seinem Mund. Es dauerte nicht lange um zu explodieren. Wie eine Rakete beim Feuerwerk jagte meine Ladung aus mir heraus. Laut jauchzend ergoss ich mich über sein Gesicht.

Danach legte er sich neben mich und kuschelte sich in meine Arme und wir verweilten einige Zeit miteinander.

Mit einer Hand spielte er an meinem Schwanz herum, damit er sich erneut aufrichtete. Als er schließlich wieder steif war, befreite er mich von den Fesseln, und verlangte von mir, dass ich ihn fickte. Und ich sollte schön langsam damit anfangen, was ich auch tat. Zu sehr genoss ich es, diesen willigen, gutaussehenden Mann zu spüren.

Ich nahm sein Gesicht in beide Hände, und küsste ihn voller Leidenschaft, während ich ihn drehte, auf seinen Anus spuckte um meinen Steifen in ihm zu versenken. Ich zog ihn sofort wieder raus. Dieses Spielchen wiederholte ich etliche Male, bis er mir seinen Arsch fordernd entgegen streckte, damit ich endlich ganz in ihn eindrang. Natürlich erfüllte ich seinen Wunsch nur zu gerne, und nahm ihn mir endlich ganz vor. Ich zog seinen geilen Arsch zu mir. Dann rammte ich ihm meinen feuchten, steinharten Schwanz Stück für Stück in den Po. Er stöhnte auf. So eng und heiß und es gab kein Ende, ich konnte ihn so tief ficken, wie ich nur wollte. Und das tat ich auch. Mit einer Hand hielt ich fest seinen braunen Haarschopf. Bis ins letzte Innerste tauchte ich in ihn ein und bewegte mich im gleichmäßigen Rhythmus erst quälend langsam, und dann immer schneller werdend. Dann verlangsamte ich den Rhythmus wieder, was ihm anscheinend gut gefiel. Dann wurde ich wieder schneller und fickte ihn so hart und so schnell wie ich nur konnte! Gott sei Dank hielt ich es dieses Mal länger aus bis zum Orgasmus. Wir befanden uns in Ekstase, und das Zimmer roch betörend nach Sex. Wir verloren uns, und wurden eins. Nach einem ausdauernden und harten Fick zog ich meinen Schwanz aus seinem Arsch und spritze ihn in seinen geöffneten Mund. Stefane kam zusammen mit mir noch einmal heftig. Wir verwöhnten uns bis die Sonne aufging, und schliefen dann zusammen in inniger Umarmung selig ein.

Heißer Abend

Die Woche war verdammt anstrengend gewesen und alles, was ich mir von diesem Feierabend wünschte, war mit einer kühlen Bierdose vor dem Fernseher zu sitzen und mich berieseln zu lassen. „Das kannst du immer noch machen, wenn du 50 bist!", schimpfte mein Kumpel Viktor mit mir. „In deinem Alter verbringt man die Nächte freitags in einem Club. Das „Oyster" ist brandneu und derzeit der geilste Schuppen der Stadt. Ein echter Magnet für junge Schwule, wie ich gehört habe. Da kommst du auf jeden Fall zum Schuss." Nicht, dass ich etwas gegen einen Haufen geiler Typen in Club zusammengepfercht gehabt hätte. Aber auf den Frust, am Ende allein nach Hause zu gehen, während sich das hübsche Ziel irgendeinem anderen Kerl zuwandte, konnte ich gut verzichten. Seit meiner Trennung von Thomas vor zwei Monaten hatte ich mir viel vom Singleleben versprochen und so ziemlich nichts erhalten. Die Beziehung war schon lange am Straucheln gewesen und als ich mir endlich ein Herz gefasst und sie beendet hatte, lag unser letzter Sex bereits zwei Monate zurück. Auch davor hatte es sich immer mehr zur Routine entwickelt. Thomas war nicht bereit gewesen mehr als das ihm Bekannte auf sich zu nehmen und selbst Blowjobs waren eine Seltenheit gewesen. Nach ein paar Bedenktagen war ich also bereit gewesen mich in eine lustvolle Zeit voll schöner Männer und heißer Abenteuer zu stürzen. Ich war durchaus attraktiv, aber scheinbar reichte das nicht mehr aus. Die Typen flirteten, ließen sich Drinks ausgeben und verschwanden nach ein paar heißen Küssen einfach – schlimmer noch, manchmal mit irgendwelchen anderen Kerlen. Kurz, meine Hoffnungen waren nicht sonderlich groß gewesen, als ich mich schließlich dazu breitschlagen ließ Viktor in diesen Club zu begleiten. Dieser stürzte sich fast augenblicklich auf die Tanzfläche und grinste den schönen Männern in seiner Umgebung zu. Ich verbrachte die ersten fünfzehn Minuten damit mich zur Bar durchzukämpfen und dann mit einem überteuerten Bier dem Treiben zuzuschauen. Die Charts wurden hier gespielt, was eigentlich kaum meine Sache war. Gerade, als ich versucht war wie ein Außenseiter und Langweiler auf mein Handy zu starren, fiel er mir ins Auge. Besser gesagt, mir wurde klar, dass er mich ins

Auge gefasst hatte. Er stand gegen eine der Säulen auf der Tanzfläche gelehnt. Ein dunkelhaariger großer Mann mit außergewöhnlich blauen Augen. Diese waren von viel intensivem Schwarz umrandet und leuchteten wie elektrisiert im bunten Licht der Scheinwerfer. Ganz langsam zeigte sich ein Lächeln auf seinen Lippen, so dass mir ein Schauer über den Rücken jagte. Er sah verdammt heiß aus in seiner engen Jeans und dem weißen eng anliegendem Shirt, durch das sich seine Muskeln abzeichneten. Ich konnte kaum den Blick von ihm lösen und spürte, wie mein Schwanz sich verhärtete. Beinahe hätte ich mich umgedreht, um sicher zu gehen, dass er wirklich mich ansah und nicht jemanden, der zufällig hinter mir stand. Ermutigt und plötzlich ziemlich geil ging ich auf ihn zu und hielt ihm eine frische Bierflasche hin. Mit einem verführerischen Lächeln nahm er diese an. Die Musik dröhnte so stark, dass es beinahe unmöglich war sich zu unterhalten, doch darauf schien mein bezaubernder Flirt auch gar nicht aus zu sein. Er begann sich verführerisch zu den lauten Klängen zu bewegen. Ich war alles andere als ein Tänzer, aber für Popmusik war das wohl kaum nötig. Soweit ich verstanden hatte, hieß der Süße Tim. Er war schlank, aber nicht mager, mit ansehnlichen Muskeln und einem knackigen Hinterteil. Mit der Zeit schmiegte er dieses immer näher an mich. Ich stöhnte innerlich. Ich wollte ihn nicht verscheuchen oder zu stürmisch vorgehen, aber so wie er seinen Po gegen meinen Schritt presste war das doch die reinste Aufforderung. Sein Schwanz verwandelte sich in eine harte Beule, die gierig gegen seine Jeans drückte. Vorsichtig rieb er sich an meinem Hintern, ließ mich spüren, wie ich ihn geil machte. Ich zuckte leicht zusammen, ohne mich zurückzuziehen. Verdammt, dieser Abend entwickelte sich allmählich richtig gut! Um nicht zu sagen genial, denn Tim meinte zu mir "Komm für einen Blowjob hinter die Bar." Bereitwillig folgte ich Ihm und freute mich auf das was folgen würde. Hastig ließ ich meine Hose herunter. „Nein, du wirst es tun. Nun mach schon, meine Eier platzen gleich."

Verdutzt ging ich vor ihm auf die Knie, nahm sein erregtes Glied und leckte mit meiner Zunge seine Eichel der Länge nach langsam ab. Er erzitterte. Dann nahm ich ihn in meinen Mund und meine Hände dazu, welche eng um den unteren Teil seines besten Stücks geschlungen waren, während ich den oberen Bereich samt Eichel mit meinem Mund bearbeitete.

So konnte ich alle erogenen Zonen gleichzeitig verwöhnen, was auch ziemlich gut bei ihm ankam. Damit er nicht gleich kam, wechselte ich zwischen Blowjob zum Handjob, vom zarten Saugen zum intensiven Lecken, nahm ihn ganz-in-den-Mund und wieder zurück. Parallel zum Lecken streichelte ich sanft seine Hoden. Mit den Fingern meiner freien Hand drückte ich nun fest auf den Damm hinter seinen Hoden um seine Prostata zu stimulieren. Etwas mehr Druck und etwas mehr Tempo, sein Eichel schwoll immer mehr an. Ich merke, dass er will, dass ich noch tiefer eindringe. Seine Hoden ziehen sich ein, um dann den krönenden Abschluss zu erlangen.

Es sprudelt nur so aus ihm heraus und ich begleitete ihn bis zum allerletzten Tropfen seines Lustgefühls mit meinem Mund.
Ende.

Abschluss

Ich hoffe, dass meine Gay Sexgeschichten deinen Geschmack getroffen haben und ich das Blut in deinem Schwanz in Wallung bringen konnte. Falls es mir gelungen ist, freue ich mich über deine Bewertung –
Bis demnächst!

Lucas Long

FSC
www.fsc.org
MIX
Papier aus ver-
antwortungsvollen
Quellen
Paper from
responsible sources
FSC® C105338

Herstellung und Verlag:
BoD-Books on Demand, Norderstedt
ISBN: 978-3-7448-8225-5